# 紅樓夢第四十九回

瑠璃世界白雪紅梅　脂粉香娃割腥啖膻

話說香菱見眾人正說笑他便迎上去笑道你們看這首詩要使得我就還學要還不好我就死了這做詩的心了說着把詩遞與黛玉及眾人看時只見寫道是

精華欲掩料應難　影自娟娟魄自寒
一片砧敲千里白　半輪雞唱五更殘
綠蓑江上秋聞笛　紅袖樓頭夜倚欄
博得嫦娥應自問　何緣不使永團圓

眾人看了笑道這首不但好而且新巧有意趣可知俗語說天



下無難事只怕有心人社裡一定請你了香菱聽了心下不信料着是他們哄自己的話還只管問黛玉寶釵等正說之間只見幾個小丫頭并老婆子忙忙的走來都笑道來了好些姑娘奶奶們我們都不認得奶奶姑娘們快認親去李紈笑道這是那裡的話你到底說明白了是誰的親戚那婆子丫頭都笑道奶奶的兩位妹子都來了還有一位姑娘說是薛大姑娘的妹子還有一位爺說是薛大爺的兄弟我這會子請姨太太去呢奶奶和姑娘們先上去罷說着一逕去了寶釵笑道我們薛蝌和他妹子來了不成李紈笑道或者我嬸娘又上京來了怎麼他們都湊在一處這可是奇事大家來至王夫人上房只見黑

歷歷的一地又有邢夫人的嫂子帶了女兒岫烟進京來投邢夫人的可巧鳳姐之兄王仁也正進京兩親家一處搭帮來了走至半路泊船時遇見李紈寡嬸帶著兩個女兒長名李紋次名李綺也上京大家叙起來又是親戚因此三家一路同行後有薛蟠之從弟薛蝌因當年父親在京時已將胞妹薛寶琴許配都中梅翰林之子爲妻正欲進京聘嫁聞得王仁進京他也隨後帶了妹子赶來所以今日會齊了來訪投各人親戚於是大家見禮叙過賈母王夫人都歡喜非常賈母因笑道怪道昨日晚上燈花爆了又爆結了又結原來應到今日一面叙些家常收了帶來的禮物一面命留酒飯鳳姐兒自不必說忙上加忙李紈寶釵自然和嬸母姊妹叙離别之情黛玉見了先是歡喜後想起衆人皆有親眷獨自已孤單無倚不免又去垂淚寶玉深知其情十分勸慰了一番方罷然後寳玉忙忙來至怡紅院中向襲人麝月晴雯笑道你們還不快着看去誰知寳姐姐的親哥哥是那個樣子他這叔伯兄弟形容舉止另是個樣子倒像是寳姐姐的同胞兄弟是的更奇在你們成日家只說寳姐姐是絶色的人物你們如今瞧見他這妹子還有大嫂子的兩個妹子我竟形容不出來了老天老天你有多少精華靈秀生出這些人上之人來可知我井底之蛙成日家只說現在的這幾個人是有一無二的誰知不必遠尋就是本地風光一個

賽似一個如今我又長了一層學問除了這幾個難道還有幾個不成一面說一面自笑襲人見他又有些魔意便不肯去瞧晴雯等早去瞧了一遍回來帶笑向襲人說道你快瞧瞧去大太太一個姪女兒寶姑娘一個妹妹大奶奶兩個妹妹倒像一把子四根水葱兒一語未了只見探春也笑著進來找寶玉因說咱們詩社可興旺了寶玉笑道正是呢這是一高興起詩社鬼使神差來了這些人但只一件不知他們可學過做詩不會探春道我纔都問了問雖是他們自謙看其光景沒有不會的便是不會也沒難處你看香菱就知道了晴雯笑道他們裡頭薛大姑娘的妹妹更好三姑娘看着怎麼樣探春道果然的



據我看來連他姐姐並這些人總不及他襲人聽了又是詫異又笑道這也奇了還從那裡再好的去呢我倒要瞧瞧去探春道老太太一見了喜歡的無可不可的已經逼着咱們太太認了乾女孩兒了老太太要養活纔剛已經定了寶玉喜的忙問這話果然麼探春道我幾時撒過謊又笑道老太太有了這個好孫女兒就忘了你這孫子了寶玉笑道這倒不妨原該多疼女孩兒些是正理明兒十六咱們可該起社了探春道林丫頭剛起來了二姐姐又病了終是七上八下的寶玉道二姐姐又不大做詩沒有他又何妨探春道索性等幾天等他們新來的混熟了咱們邀上他們豈不好這會子大嫂子寶姐姐心裡

自然沒有詩興的况且湘雲沒來顰兒纔好了人都不合式不如等著雲丫頭來了這幾個新的也熟了顰兒也大好了大嫂子和寶姐姐心也閑了香菱詩也長進了如此邀一滿社豈不好偺們兩個如今且往老太太那裡去聽聽除寶姐姐的妹妹不算外他一定是在偺們家住定了的倘或那三個要不在偺們這裡住偺們央告著老太太留下他們也在園子裡住了偺們豈不多添幾個人越發有趣了寶玉聽了喜的眉開眼笑忙說道倒是你明白我終久是個糊塗心腸空喜歡了一會子却想不到這上頭說著兄妹兩個一齊往賈母處來果然王夫人已認了薛寶琴做乾女兒賈母喜歡非常不命往園中住晚上



跟着賈母一處安寢薛蝌自向薛蟠書房中住下了賈母和邢夫人說你姪女兒也不必家去了園裡住幾天逛逛再去邢夫人兄嫂家中原艱難這一上京原仗的是邢夫人與他們治房舍帮盤纏聽如此說豈不願意邢夫人便將邢岫煙交與鳳姐兒鳳姐兒算著園中姊妹多性情不一且又不便另設一處莫若送到迎春一處去倘日後邢岫煙有些不遂意的事縱然邢夫人知道了與自巳無干從此後若邢岫烟家去住的日期不算若在大觀園住到一個月上鳳姐兒亦照迎春分例送一分與岫烟鳳姐兒冷眼敁敠岫烟心性行為竟不像邢夫人及他的父母一樣却是個極溫厚可疼的人因此鳳姐兒反憐他家

貪命苦比別的姊妹多疼他些邢夫人倒不大理論了賈母王夫人等因素喜李紈賢惠且年輕守節令人敬服今見他寡嬸來了便不肯叫他外頭去住那嬸母雖十分不肯無奈賈母執意不從只得帶著李綺在稻香村住下了當下安揷旣定誰知忠靖侯史鼎又遷委了外省大員不日要帶家眷去上任賈母因捨不得湘雲便留下他了接到家中原要命鳳姐兒另設一處與他住史湘雲執意不肯只要和寶釵一處住因此也就罷了此時大觀園中比先又熱鬧了多少李紈爲首餘者迎春探春惜春寶釵黛玉湘雲李紋李綺寶琴邢岫烟再添上鳳姐兒和寶玉一共十三人敘起年庚除李紈年紀最長鳳姐次



之餘者皆不過十五六七歲大半同年異月連他們自已也不能記淸誰長誰幼並賈母王夫人及家中婆子丫頭也不能細細分清不過是姐妹兄弟四個字隨便亂叫如今香菱正滿心滿意只想做詩又不敢十分囉唆寶釵可巧來了個史湘雲那史湘雲極愛說話的那裡禁得香菱又請教他談詩越發高了興沒晝沒夜高談闊論起來寶釵因笑道我實在聒噪的受不得了一個女孩兒家只管拿着詩做正經事講起來叫有學問的人聽了反笑話說不守本分一個香菱沒鬧淸又添上你這個話口袋子滿口裡說的是什麼怎麼是杜工部之沉鬱韋蘓州之淡雅又怎麼是溫八叉之綺靡李義山之隱僻癡癡顚顚

那裡還像兩個女兒家呢說得香菱湘雲二人都笑起來正說着只見寶琴來了披着一領斗篷金翠輝煌不知何物寶釵忙問這是那裡的寶琴笑道因下雪珠兒老太太找了這一件給我的香菱上來瞧道怪道這麼好看原來是孔雀毛織的湘雲笑道那裡是孔雀毛就是野鴨子頭上的毛做的可見老太太疼你了這麼着疼寶玉也沒給他穿寶釵笑道真是俗語說的各人有各人的緣法我也想不到他這會子來既來了又有老太太這麼疼他湘雲道你除了在老太太跟前就在園裡來這兩處只管頑笑吃喝到了太太屋裡若太太在屋裡只管和太太說笑多坐一回無妨若太太不在屋裡你別進去那屋裡人



多心壞都是要偺們的說的寶釵寶琴香菱鶯兒等都笑了寶釵笑道說你沒心却有心雖然有心到底嘴太直了我們這琴兒今兒你竟認他做親妹妹罷湘雲又瞅了寶琴笑道這一件衣裳也只配他穿別人穿了實在不配正說着只見琥珀走來笑道老太太說了叫寶姑娘別管緊了琴姑娘他還小呢讓他愛怎麼著就由他怎麼着他要什麼東西只管要別多心寶釵忙起身答應了又推寶琴笑道你也不知是那裡來的這點福氣你倒去罷恐怕我們委屈了你我就不信我那些兒不如你說話之間寶玉黛玉進來了寶釵猶自嘲笑湘雲因笑道寶姐姐你這話雖是頑話却有人真心是這樣想呢琥珀笑道真心惱

的再沒別人就只是他口裡說手指着寶玉寶釵湘雲都笑道他倒不是這樣人琥珀又笑道不是他就是他說着又指着黛玉湘雲便不作聲寶釵笑道更不是了我的妹妹和他的妹妹一樣他喜歡的比我還甚呢他那裡還惱你信雲兒混說他那嘴有什麽正經寶玉素昔深知黛玉有些小性兒尚不知近日黛玉和寶釵之事正恐賈母疼寶琴他心中不自在今見湘雲如此說了寶釵又如此答再審度黛玉聲色亦不似往日果然與寶釵之說相符心中甚是不解因想他兩個素日不是這樣的如今看來竟更比他人好了十倍一時又見林黛玉赶着寶琴叫妹妹並不提名道姓真似親姊妹一般那寶琴年輕心熱且



本性聰敏自幼讀書識字今在賈府住了兩日大槩人物已知又見衆姊妹都不是那輕薄脂粉且又和姐姐皆和氣故也不肯怠慢其中又見林黛玉是個出類拔萃的便更與黛玉親敬異常寶玉看着只是暗暗的納罕一時寶釵姊妹往薛姨媽房內去後湘雲往賈母處來林黛玉回房歇着寶玉便找了黛玉來笑道我雖看了西廂記也曾有明白的幾句說了取笑你還曾惱過如今想來竟有一句不解我念出來你講講我聽黛玉聽了便知有文章因笑道你念出來我聽聽寶玉笑道那鬧簡上有一句說的最好是幾時孟光接了梁鴻案這五個字不過是現成的典難爲他是幾時三個虛字問的有趣是幾時接了

你說說我聽聽黛玉聽了禁不住也笑起來因笑道這原問的好他也問的你也問的好寶玉道先時你只疑我如今你也沒的說了黛玉笑道誰知他竟真是個好人我素日只當他藏奸因把說錯了酒令寶釵怎樣說他連送燕窩病中所談之事細細的告訴寶玉寶玉方知原故因笑道我說呢正納悶是幾時孟光接了梁鴻案原來是從小孩兒家口沒遮攔上就接了案了黛玉因又說起寶琴來想起自已沒有姊妹不免又哭了寶玉忙勸道這又自尋煩惱了你瞧瞧今年比舊年越發瘦了你還不保養每天好好的你必是自尋煩惱哭一會子纔筭完了這一天的事黛玉拭淚道近來我只覺心酸眼淚却像比舊年少了些的心裡只管酸痛眼淚却不多寶玉道這是你哭慣了心裡疑惑豈有眼淚會少的正說着只見他屋裡的小丫頭子送了猩猩毡斗篷來又說大奶奶纔打發人來說下了雪要商議明日請人做詩呢一語未了只見李紈的丫頭走來請黛玉寶玉便邀著黛玉同往稻香村來黛玉換上掐金挖雲紅香羊皮小靴罩了一件大紅羽縐面白狐狸皮的鶴氅繫一条青金閃綠雙環四合如意絛上罩了雪帽二人一齊踏雪行來只見眾姊妹都在那裡都是一色大紅猩猩毡與羽毛緞斗篷獨李紈穿一件多羅泥對襟褂子薛寶釵穿一件蓮青斗紋錦上添花洋線番羓絲的鶴氅邢岫烟仍是家常舊衣並沒避雨之

衣一時湘雲來了穿着賈母給他的一件貂鼠腦袋面子大毛
黑灰鼠裡子裡外發燒大褂子頭上帶著一頂挖雲鵝黃片金
裡子大紅猩猩毡昭君套又圍着大貂鼠風領黛玉先笑道你
們瞧瞧孫行者來了他一般的拿着雪褂子故意粧出個小騷
達子樣兒來湘雲笑道你們瞧我裡頭打扮的一面說一面脫
了褂子只見他裡頭穿著一件半新的靠色三鑲領袖秋香色
盤金五色綉龍窄褙小袖掩衿銀鼠短襖裡面短短的一件水
紅粧緞狐肷褶子腰裡緊緊束着一條蝴蝶結子長穗五色宮
縧脚下也穿着鹿皮小靴越顯得蜂腰猿背鶴勢螂形衆人笑
道偏他只愛打扮成個小子的樣兒原比他打扮女兒更俏麗



了些湘雲笑道快商議做詩我聽聽是誰的東家李紈道我的
主意想來昨兒的正日已自過了再等正日還早呢可巧又下
雪不如偺們大家湊個社又給他們接風又可以做詩你們
意思怎麽這寶玉先道這話狠是只是今兒晚了若到明兒晴
了又無趣衆人都道這雪未必晴縱晴了這一夜下的也彀賞
了李紈道我這裡雖然好又不如蘆雪庭好我已經打發人籠
地炕去了偺們大家擁爐做詩老太太想來未必高興況且偺
們小頑意兒單給鳳丫頭個信兒就是了你們每人一兩銀子
就彀了送到我這裡來指著香菱寶琴李紋李綺岫烟五個不
算外偺們裡頭二丫頭病了不算四丫頭告了假也不算你們

四分子送了來我包管五六兩銀子也儘殼了寶釵等一齊應諾因又擬題限韻李紈笑道我心裡早已定了等到了明日臨期橫豎知道說畢大家又說了一回閒話方往賈母處來當日無話到了次日清早寶玉因心裡惦記着這一夜没好生得睡天亮了就爬起來掀起帳子一看雖然門窗尚掩只見牕上光輝奪目心內早躊躇起來埋怨定是晴了日光已出一面忙起來揭起窗屜從玻璃牕內往外一看原來不是日光竟是一夜的雪下的將有一尺厚天上仍是搓綿扯絮一般寶玉此時喜歡非常忙喚起人來盥漱已畢只穿一件茄色哆囉泥狐狸皮襖罩一件海龍小鷹膀褂子束了腰披上玉針簑帶了金籐笠



登上沙棠屐忙忙的往蘆雪庭來出了院門四顧一望並無二色遠遠的是青松翠竹自己却似裝在玻璃盆內一般於是走至山坡之下順着山脚剛轉過去已聞得一股寒香拂鼻回頭一看却是妙玉那邊櫳翠菴中有十數枝紅梅如胭脂一般映着雪色分外顯得精神好不有趣寶玉便立住細細的賞玩了一回方走只見蜂腰板橋上一個人打着傘走來是李紈打發了請鳳姐兒去的人寶玉來至蘆雪庭只見丫頭婆子正在那裡掃雪開徑原來這蘆雪庭盖在一個山傍臨水河灘之上一帶幾間茅簷土壁橫籬竹牖推牕便可垂釣四面皆是蘆葦掩覆一條去徑逶迤穿蘆度葦過去便是藕香榭的竹橋了衆丫

頭婆子見他披蓑帶笠而來都笑道我們纔說正少一個漁翁如今果然全了姑娘們吃了飯纔來呢你也太性急了寶玉聽了只得回來剛至沁芳亭見探春正從秋爽齋出來圍著大紅猩猩毡的斗篷帶着觀音兜扶著個小丫頭後面一個婦人打着一把青紬油傘寶玉知道他往賈母處去遂站在亭邊等他來到二人一同出園前去寶琴正在裡間房內梳洗更衣一時衆姊妹來齊寶玉只嚷餓了連連催飯好容易等擺上飯來頭一樣菜是牛肉蒸羊羔賈母就說這是我們有年紀人的藥沒見天日的東西可惜你們小孩子吃不得今兒另外有新鮮鹿肉你們等著吃罷衆人答應了寶玉却等不得只拿茶泡了一



碗飯就着野雞瓜子忙忙的爬拉完了賈母道我知道你們今兒又有事情連飯也不顧吃了就叫留着鹿肉給他晚上吃罷鳳姐兒忙說還有呢吃殘了的倒罷了湘雲就和寶玉計較道有新鹿肉不如偺們要一塊自己拿了園裡弄着又吃又頑寶玉聽了真和鳳姐要了一塊命婆子送進園去一時大家散後進園齊往蘆雪庭來聽李紈出題限韻獨不見湘雲寶玉二人黛玉道他兩個人再到不得一處要到了一處生出多少事來這會子一定算計那塊鹿肉去了正說着只見李嬸娘也走來看熱鬧因問李紈道怎麼那一個帶玉的哥兒和那一個掛金麒麟的姐兒那樣干淨清秀又不少吃的他兩個在那裡商議

着要吃生肉呢說的有來有去的我只不信肉也生吃得的象人聽了都笑道了不得快拿了他兩個來黛玉笑道這可是雲了頭鬧的我的卦再不錯李紈即忙出來找着他兩個說道你們兩個要吃生的我送你們到老太太那裡吃去那怕一隻生鹿撐病了不與我相干這麼大雪怪冷的快替我做詩去罷寶玉忙笑道沒有的事我們燒着吃呢李紈道這還罷了只見老婆子們拿了鐵爐鐵叉鐵絲蒙來李紈道仔細割了手不許哭說着方進去了那邊鳳姐打發平兒回覆不來為發放年例正忙着呢湘雲見了平兒那裡肯放平兒也是個好頑的素日跟着鳳姐兒無所不至見如此有趣樂得頑笑因而退去手上的



鐲子三個人圍着火平兒便要先燒三塊吃那邊寶釵黛玉平素看慣了不以為異寶琴等及李嬸娘深為罕事探春和李紈等已定議了題韻探春笑道你們聞聞香氣這裡都聞見了我也吃去說著也找了他們來李紈也隨來說客已齊了你們還吃不彀嗎湘雲一面吃一面說道我吃這個方愛吃酒吃了酒纔有詩若不是這鹿肉今兒斷不能做詩說着只見寶琴披着鳧靨裘站在那裡笑湘雲笑道傻子你來嚐嚐寶琴笑道怪腌臢的寶釵笑道你嚐嚐去好吃的很呢你林姐姐弱吃了不消化不然他也愛吃寶琴聽了就過去吃了一塊果然好吃就也吃起來一時鳳姐兒打發小丫頭來叫平兒平兒說史姑娘拉

着我呢你先去罷小丫頭去了一時只見鳳姐兒也披了斗篷走來道笑吃這樣好東西也不告訴我說着也湊在一處吃起來黛玉笑道那裡找這一羣花子去罷了罷了今日蘆雪庭遭刼生生被雲丫頭作賤了我爲蘆雪庭一大哭湘雲冷笑道你知道什麼是眞名士自風流你們都是假清高最可厭的我們這會子腥的膻的大吃大嚼回來却是錦心綉口寶釵笑道你回來若做的不好了把那肉掏出來就把這雪壓的芦蕭子摁上些以完此刼說着吃畢洗了一回手平兒帶鐲子時却少了一個左右前後亂找了一番踪跡全無衆人都詫異鳳姐兒笑道我知道這鐲子的去向你們只管做詩去我們也不用找只管前頭去不出三日包管就有了說著又問你們今兒做什麼詩老太太說了離年又近了正月裡還該做些燈謎兒大家頑笑衆人聽了都笑道可是呢倒忘了如今趕着做幾個好的預備着正月裡頑說着一齊來至地炕屋內只見杯盤果菜俱已擺齊了墻上已貼出詩題韻脚格式來了寶玉湘雲二人忙看時只見題目是即景聯句五言排律一首限二蕭韻後面尚未列次序李紈道我不大會做詩我只起三句罷然後誰先得了誰先聯寶釵道到底分個次序要知端底且看下回分解

紅樓夢第四十九回終

# 紅樓夢第五十回

## 蘆雪亭爭聯即景詩　暖香塢雅製春燈謎

話說薛寶釵道倒底分個次序讓我寫出來說着便令衆人拈鬮爲序起首恰是李氏然後按次各各開出鳳姐兒道既這麼說我也說一句在上頭衆人都笑起來了說這麼更妙了寶釵將稻香老農之上補了一個鳳字李紈又將題目講給他聽鳳姐兒想了半天笑道你們別笑話我我只有了一句粗話可是五個字的下剩的我就不知道了衆人都笑道越是粗話越好你說了就只管幹正事去罷鳳姐兒笑道想下雪必刮北風昨夜聽見一夜的北風我有一句這一句就是一夜北風緊使得使不得我就不管了衆人聽說都相視笑道這句雖粗不見底下的這正是會作詩的起法不但好而且留了寫不盡的多少地步與後人就是這句爲首稻香老農快寫上續下去鳳姐兒和李嬸娘平兒又吃了兩杯酒自去了這裏李紈就寫了

一夜北風緊

自己聯道

開門雪尚飄入泥憐潔白

香菱道

匝地惜瓊瑤有意榮枯草

探春道

無心飾萎苗價高村釀熟

李綺道

年稔府粱饒葭動灰飛管

李紋道

陽回斗轉杓寒山已失翠

岫煙道

凍浦不生潮易掛疎枝柳

湘雲道

難堆破葉蕉麝煤融寶鼎

寶琴道

綺袖籠金貂光奪窗前鏡

黛玉道

香粘壁上椒斜風仍故故

寶玉道

清夢轉聊聊何處梅花笛

寶釵道

誰家碧玉簫鰲愁坤軸陷

李紈笑道我替你們看熱酒去罷寶釵命寶琴續聯只見湘雲

起來道

龍鬬陣雲銷野岸回孤棹

寶琴也聯道

吟鞭指灞橋賜裘憐撫戍

湘雲那裡肯讓人且別人也不如他敏捷都看他揚眉挺身的說道

加絮念征徭坳垤審夷險

寶釵連聲讚好也便聯道

枝柯怕動搖皚皚輕趁步

黛玉忙聯道

剪剪舞隨腰煮茗成新賞

一面說一面推寶玉命他聯寶玉正看寶琴寶釵黛玉三人共



戰湘雲十分有趣那裡還顧得聯詩今見黛玉推他方聯道

孤松訂久要泥鴻從印跡

寶琴接著聯道

林斧或聞樵伏象千峰凸

湘雲忙聯道

盤蛇一逕遙花緣經冷結

寶釵和眾人又都讚好探春聯道

色豈畏霜凋深院驚寒雀

湘雲正渴了忙忙的吃茶已被岫烟搶着聯道

空山泣老鴞堦墀隨上下

湘雲忙丟了茶杯聯道

池水在浮漂照耀臨清曉

黛玉忙聯道

繽紛入永宵誠忘三尺冷

湘雲忙笑聯道

瑞釋九重焦僵卧誰相問

寶琴也忙笑聯道

狂遊客喜招天機斷縞帶

湘雲又忙道

海市失鮫綃

黛玉不容他道出接着便道

寂寞封台謝

湘雲忙聯道

淸貧懷簞瓢

寶琴也不容情也忙道

烹茶漸水沸

湘雲見這般自爲得趣又是笑又忙聯道

煮酒葉難燒

黛玉也笑道

沒帚山僧掃

寶琴也笑道

埋琴稚子挑

湘雲笑彎了腰忙念了一句衆人問道到底說的是什麽湘雲道

石楼閑睡鶴

黛玉笑得握着胸口高聲嚷道

錦罽煖親猫

寶琴也忙笑道

月窟翻銀浪

湘雲忙聯道



霞城隱赤標

黛玉忙笑道

沁梅花可嚼

寶釵笑稱好句也忙聯道

淋竹醉堪調

寶琴也忙道

或濕鴛鴦帶

湘雲忙聯道

時凝翡翠翹

黛玉又忙道

無風仍脉脉
寶琴又忙笑聯道
不雨亦瀟瀟
湘雲伏着已笑軟了衆人看他三人對搶也都不顧作詩看着也只是笑黛玉推還他往下又聯道你也有才盡力窮之時我聽聽還有什麽舌頭嚼了湘雲只伏在寶釵懷裡笑個不住寶釵推他起來道你有本事把二蕭的韻全用完了我纔服你湘雲起身笑道我也不是作詩竟是搶命呢衆人笑道倒是你自已說罷探春早已料定沒有自己聯的了便早寫出來因說還沒收住呢李紋聽了接過來便聯了一句道



欲誌今朝樂
李綺收了一句道
憑詩祝舜堯
李紈道彀了彀了雖沒作完了韻騰挪的字若生扭了倒不好了說着大家來細細評論一回獨湘雲的多都笑道這都是那塊鹿肉的功勞李紈笑道逐句評去都還一氣只是寶玉又落了第了寶玉笑道我原不會聯句只好擔待我罷李紈笑道也沒有社社擔待的又說韻險了又整誤了又不會聯句今日必罰你我纔看見櫳翠庵的紅梅有趣我要折一枝插在瓶可厭妙玉爲人我不理他如今罰你取一枝來插着瓶兒衆人都道

這罰的又雅又有趣寶玉也樂爲答應着就要走湘雲黛玉一起說道外頭冷得很你且吃杯熱酒再去於湘雲早執起壺酒來了黛玉遞了個大杯滿斟了一杯湘雲笑道你吃了我們這酒要取不來加倍罰你寶玉忙吃了一杯冒雪而去李紈命人好好跟着黛玉忙攔說不必有了人反不得了李紈點頭道是一面命丫鬟將一個美女聳肩瓶拿來貯了水準備插梅因又笑道回來該吟紅梅了湘雲忙道我先作一首寶釵笑道今日斷不容你再作了你都搶了去別人都閒着也沒趣回來罰寶玉他說不會聯句如今就叫他自己做去黛玉笑道這話很是我還有主意方纔聯句不彀莫若揀那聯得少的人作紅梅詩



寶釵笑道這話是極方纔邢李二位屈才且又是客琴兒和顰兒雲兒他們搶了許多我們一槩都別作只他們三人做纔是李紈因說綺兒也不大會做還是讓琴妹妹罷寶釵只得依允又道就用紅梅花三個字做韻每人一首七言律邢大妹妹做紅字你們李大妹妹做梅字琴兒做花字李紈道饒過寶玉去我不服湘雲忙道有個好題目命他做衆人問何題湘雲道命他就做訪妙玉乞紅梅豈不有趣衆人聽了都說有趣一語未了只見寶玉笑欣欣擎了一枝紅梅進來衆丫鬟忙已接過插入瓶內衆人都道來賞玩寶玉笑道你們如今賞罷也不知費了我多少精神呢說着探春早又遞了一鍾煖酒來衆丫鬟上

來接了簑笠掸雪各人屋裡丫鬟都添送衣裳來襲人也遣人送了半舊的狐腋褂來李紈命人將那蒸的大芋頭盛了一盤又將硃橘黃橙橄欖等物盛了兩盤命人帶給襲人去湘雲且告訴寶玉方纔的詩題又催寶玉快做寶玉道好姐姐好妹妹們讓我自己用韻罷別限韻了衆人都說隨你做去罷一面說一面大家看梅花原來這一枝梅花只有二尺來高傍有一枝縱橫而出約有二三尺長其間小枝分岐或如蟠螭或如僵蚓或孤削如筆或密聚如林真乃花吐胭脂香欺蘭蕙各各稱賞誰知岫烟李紋寶琴三人都已吟成各自寫了出來衆人便依紅梅花三字之序看去寫道



賦得紅梅花　邢岫烟

桃未芳菲杏未紅　冲寒先喜笑東風
魂飛庾嶺春難辨　霞隔羅浮夢未通
綠萼添粧融寶炬　縞仙扶醉跨殘虹
看來豈是尋常色　濃淡由他冰雪中

又　李紋

白梅懶賦賦紅梅　逞艷先迎醉眼開
凍臉有痕皆是血　酸心無恨亦成灰
誤吞丹藥移真骨　偷下瑤池脫舊胎
江北江南春燦爛　寄言蜂蝶漫疑猜

又　　　　寶琴

疎是枝條艷是花　春粧兒女競奢華
閒庭曲檻無餘雪　流水空山有落霞
幽夢冷隨紅袖笛　遊仙香泛絳河槎
前身定是瑤台種　無復相疑色相差

衆人看了都笑着稱讚了一回又指末一首更好寶玉見寶琴年紀最小才又敏捷黛玉湘雲二人斟了一小杯酒齊賀寶琴寶釵笑道三首各有好處你們兩個天天捉弄厭了我如今又捉弄他來了李紈又問寶玉你可有了寶玉忙道我倒有了纔一看見這三首又唬忘了等我再想湘雲聽了便拿了一支銅



火箸擊着手爐笑道我擊了若鼓絕不成又要罰的寶玉笑道我已有了黛玉提起筆來笑道你念我寫湘雲便擊了一下笑道一鼓絕寶玉笑道有了你寫罷衆人聽他念道

酒未開樽句未裁

黛玉寫了搖頭笑道起的平平湘雲又道快着寶玉笑道

尋春問臘到蓬萊

黛玉湘雲都點頭笑道有些意思了寶玉又道

不求大士瓶中露　為乞孀娥檻外梅

黛玉寫了搖頭說小巧而已湘雲將手又敲了一下寶玉笑道

入世冷挑紅雪去　離塵香割紫雲來

槎枒誰惜詩肩瘦　衣上猶沾佛院苔

黛玉寫畢湘雲大家纔評論時只見几個丫鬟跟進來道老太太來了衆人忙迎出來大家又笑道怎麽這等高興說着遠遠見賈母圍了大斗蓬帶着灰鼠煖兜坐着小竹轎打著青綢油傘鴛鴦琥珀等五六個丫鬟每人都是打著傘擁轎而來李紈等忙往上迎賈母命人止住說只站在那裡就是了來至跟前賈母笑道我瞞着你太太和鳳丫頭來了大雪地下我坐著這個無妨沒的叫他姊兒們踹雪嗎衆人忙上前來接斗蓬攙扶着一面答應着賈母來至室中先笑道好俊梅花你們也會樂我也不饒你們說着李紈早命人拿了一個大狼皮褥子來鋪在當中賈母坐了因笑道你們只管照舊頑笑吃喝我因為天短了不敢睡中覺抹了一會牌想起你們來了我也來湊個趣兒李紈早又捧過手爐來探春另拿了一付盃箸來親自斟了煖酒奉給賈母賈母便飲了一口問那個盤子是什麽東西衆人忙捧了過來回說是糟鵪鶉賈母道這倒罷了撕一點子腿兒來李紈忙答應了要水洗手親自來撕賈母道你們仍舊坐下說笑我聽著纔喜歡又命李紈你也只管坐下就如同我沒來的一樣纔好不然我就走了衆人聽了方纔依次坐下只李紈挪到儘下邊賈母因問你們作什麽頑呢衆人便說做詩呢賈母道有做詩的不如做些燈謎兒大家正月裡好頑衆人答

應說笑了一會賈母便說這裡潮濕你們別久坐仔細着了凉倒是你四妹妹那裡煖和我們到那裡瞧瞧他的畫兒趕年可能有了不能衆人笑道那裡能年下就有了只怕明年端陽纔有呢賈母道這還了得他竟比盖這園子還費工夫了說着仍坐了竹椅轎大家圍隨過了藕香榭穿入一條夾道東西兩邊皆是過街門門樓上裡外都嵌著石頭匾如今進的是西門向外的匾上鑿着穿雲二字向裡的鑿着度月兩字來至堂中進了向南的正門賈母下了轎惜春已接出來了從裡面遊廊過去便是惜春卧房廈簷下掛着暖香塢的匾早有幾個人打起猩紅毡簾已覺煖氣拂臉大家進入屋裡賈母並不歸坐只問



惜春畫到那裡了惜春因笑回天氣寒冷了膠性都凝澁不潤畫了恐不好看故此收起來了賈母笑道我年下就要的你別脫懶兒快拿出來給我快畫一語未了忽見鳳姐披著紫羯絨褂笑嘻嘻的來了口內說道老祖宗今兒也不告訴人私自就來了叫我好找賈母見他來了心中喜歡道我怕你凍着所以不許人告訴你去你真是個小鬼靈精兒到底找了我來論禮孝敬也不在這上頭鳳姐兒笑道我那裡是孝敬的心找了來呢我因為到了老祖宗那裡鴉没雀靜的問小丫頭子們他又不肯叫我找到園裡來我正疑惑忽然又來了兩個姑子我心裡纔明白了那姑子必是來送年疏或要年例香例銀子老祖

宗年下的事也多一定是躲債來了我赶忙問了那姑子果然不錯我纔就把年例給了他們去了這會子老祖宗的債主兒已去了不用躲着了已預備下稀嫩的野鷄請用晚飯去罷再遲一回就老了他一行說衆人一行笑鳳姐兒也不等賈母說話便命人擡過轎來賈母笑着挽了鳳姐兒的手仍上了轎帶着衆人說笑出了夾道東門一看四面粉粧銀砌忽見寶琴披着鳧靨裘站在山坡背後遥等身後一個丫鬟抱着一瓶紅梅衆人都笑道怪道少了兩個他却在這裡等着也弄梅花去了賈母喜的忙笑道你們瞧這雪坡兒上配上他這個人物兒又是這件衣裳後頭又是這梅花像個什麽衆人都笑道就像老



太太屋裡掛的仇十洲畫的艷雪圖賈母摇頭笑道那畫的那裡有這件衣裳人也不能這樣好一語未了只見寶琴身後又轉出一個穿大紅猩猩毡的人來賈母道那又是那個女孩兒衆人笑道我們都在這裡那是寶玉賈母笑道我的眼越發花了説話之間來至跟前可不是寶玉和寶琴兩個寶玉笑向寶釵黛玉等道我纔又到了櫳翠庵妙玉竟每人送你們一枝梅花我已經打發人送去了衆人都笑說多謝你費心說話之間已出了園門來至賈母房中吃畢飯大家又說笑了一回忽見薛姨媽也來了說好大雪一日也沒過來望候老太太今日老太太倒不高興正該賞雪纔是賈母笑道何曾不高興了我找

了他們姐妹去頑了一會子薛姨媽笑道昨兒晚上我原想着今日要和我們姨太太借一天園子擺兩桌粗酒請老太太賞雪的又見老太太安歇的早我聽見寶兒說老太太心裡不大爽因此如今也不敢驚動早知如此我竟該請了纔是呢賈母笑道這纔是十月裏頭塲雪往後下雪的日子多着呢再破費姨太太不遲薛姨媽笑道果然如此算我的孝心虔了鳳姐兒笑道姨媽怎麼忘了如今現秤五十兩銀子來交給我收着一下雪我就預備下酒姨媽也不用操心也不得忘了賈母笑道旣這麼說姨太太給他五十兩銀子收着我和他每人分二十五兩到下雪的日子我粧心裡不爽混過去了姨太太更不用



操心我和鳳姐到得實惠呢鳳姐將手一拍笑道妙極這和我的主意一樣衆人都笑了賈母笑道呸沒臉的就順着竿子爬上來了你不說姨太太是客在咱們家受屈我們該請姨太太纔是那裡有破費姨太太的理不這麼說呢還有臉先要五十兩銀子真不害臊鳳姐笑道我們老祖宗最是有眼色的試一試姨媽要鬆呢拿出五十兩來就和我分這會子估量着不中用了翻過來拿我做法子說出這些大方話來如今我也不和姨媽要銀子了我竟替姨媽出銀子治了酒請老太太吃了我另外再封五十兩銀子孝敬老祖宗算是罰我個包攬閑事這可好不好話未說完衆人都笑倒在炕上賈母因又說及寶琴

雪下折梅比畫兒上還好又細問他的年庚八字並家內景況
薛姨媽度其意思大約是要給他求配薛姨媽心中因也遂意
只是已許過梅家了因賈母尚未說明自已也不好擬定遂半
吐半露告訴賈母道可惜了這孩子沒福前年他父親就沒了
他從小兒見的世面倒多跟他父親四山五岳都走遍了他父
親好樂的各處因有買賣帶了家眷這一省逛一年明年又到
那一省逛半年所以天下十停走了有五六停了那年在這裡
把他許了梅翰林的兒子偏第二年他父親就辭世了如今他
母親又是痰症鳳姐兒也不等說完便嗐聲跺脚的說偏不巧
我正要做個媒呢又已經許了人家賈母笑道你要給誰說媒



鳳姐兒笑道老祖宗別管心裡看准了他們兩個是一對如今
有了人家說也無益不如不說罷了賈母也知鳳姐兒的意思
聽見只有人家也就不提了大家又閒話了一會方散一宿無
次日雪晴飯後賈母又吩咐惜春不管冷煖你要畫去赶到年
話下十分不能就罷了第一要緊把昨兒琴兒和丫頭梅花照
樣一筆別錯快快添上惜春聽了雖是為難的事就應了一時
眾人都來看他如何畫惜春只是出神李紈因笑向眾人道讓
他自已想去偺們且說話兒昨兒老太太只叫做燈謎兒回到
家和綺兒紋兒睡不着我就編了兩個四書的他兩個每人也
編了兩個眾人聽了都笑道這倒該做的先說了我們猜猜李

紈笑道觀音未有世家傳打四書一句湘雲接着就說道在止于至善寶釵笑道你也想一想世家傳三個字的意思再猜李紈笑道再想黛玉笑道我猜罷可是雖善無徵衆人都笑道這句是了李紈又道一池青草草何名湘雲又忙道這一定是蒲芦也再不是不成李紈笑道這難爲你猜紋兒的是水向石邊流出冷打一古人名探春笑著問道可是山濤李紈道是李紈又道綺兒是個螢字打一個字衆人猜了半日寶琴道這個意思却深不知可是花草的花字李綺笑道恰是了衆人道螢與花何干黛玉笑道妙的很螢可不是花化的衆人會意都笑了說好寶釵道這些雖好不合老太太的意不如做些淺近的物



兒大家雅俗共賞纔好衆人都道也要做些淺近的俗物纔是湘雲想了一想笑道我編了一枝點絳唇却真是個俗物你們猜猜說著便念道溪壑分離紅塵遊戲真何趣名利猶虛後事終難繼衆人都不解想了半日也有猜是和尚的也有猜是道士的也有猜是偶戲人的寶玉笑了半日道都不是我猜著了必定是耍的猴兒湘雲笑道正是這個了衆人道前頭都好末了一句怎麽樣解湘雲道那一個耍的猴兒不是剁了尾巴去的衆人聽了都笑起來說偏他編個謎兒也是刁鑽古怪的李紈道昨日姨媽說琴妹妹見得世面多走的道路也多你正該編謎兒况且你的詩又好爲什麽不編幾個兒我們猜一猜寶

琴聽了點頭含笑自有尋思寶釵也有一個念道

鏤鏤鐫梓一層層　豈係良工堆砌成
雖是半天風雨過　何曾問得梵鈴聲

衆人猜時寶玉也有一個念道

天上人間兩渺茫　琅玕節過謹隄防
鸞音鶴信須凝睇　好把唏噓答上蒼

黛玉也有了一個念道

騄駬何勞縛紫繩　馳城逐塹勢猙獰
主人指示風雲動　鰲背三山獨立名

探春也有了一個方欲念時寶琴走來笑道從小兒所走的地

方的古蹟不少我也來挑了十個地方古蹟做了十首懷古詩詩雖粗鄙却懷往事又暗隱俗物十件姐姐們請猜一猜衆人聽了都說這倒巧何不寫出來大家一看要知端的且聽下回分解

紅樓夢第五十回終

# 紅樓夢第五十一回

薛小妹新編懷古詩　胡庸醫亂用虎狼藥

話說衆人聞得寶琴將素性所經過各省內古蹟爲題做了十首懷古絕句內隱十物皆說這自然新巧都爭着看時只見寫道是

赤壁懷古

赤壁沉埋水不流　徒留名姓載空舟
喧闐一炬悲風冷　無限英魂在內遊

交趾懷古

銅柱金城振紀綱　聲傳海外播戎羌
馬援自是功勞大　鐵笛無煩說子房

鍾山懷古

名利何曾伴女身　無端被詔出凡塵
牽連大抵難休絕　莫怨他人嘲笑頻

淮陰懷古

壯士須防惡犬欺　三齊位定蓋棺時
寄信世俗休輕鄙　一飯之恩死也知

廣陵懷古

蟬噪鴉棲轉眼過　隋堤風景近如何
只緣占盡風流號　惹得紛紛口舌多

桃葉渡懷古

衰草閒花映淺池　桃枝桃葉總分離
六朝梁棟多如許　小照空懸壁上題

青塚懷古

黑水茫茫咽不流　冰絃撥盡曲中愁
漢家制度誠堪笑　樗櫟應慚萬古羞

馬嵬懷古

寂寞脂痕漬汗光　溫柔一旦付東洋
只因遺得風流跡　此日衣衾尚有香

蒲東寺懷古

小紅骨賤一身輕　私掖偷攜強撮成
雖被夫人時吊起　已經勾引彼同行

梅花觀懷古

不在梅邊在柳邊　個中誰拾畫嬋娟
團圓莫憶春香到　一別西風又一年

衆人看了都稱奇妙寶釵先說道前八首都是史鑑上有據的後二首卻無考我們也不大懂得不如在做兩首爲是黛玉忙攔道這寶姐姐也忒膠柱鼓瑟矯揉造作了兩首雖於史鑑上無考咱們雖不曾看這些外傳不知底裡難道咱們連兩本戲也沒見過不成那三歲的孩子也知道何況咱們探春便道這

話正是了李紈又道况且他原走到這個地方的這兩件事雖無考古往今來以訛傳訛好事者竟故意的弄出這古跡來以愚人比如那年上京的時節便是關夫子的墳倒見了三四處關夫子一身事業皆是有據的如何又有許多的墳自然是後來人敬愛他生前爲人只怕從這敬愛上穿鑿出來也是有的及至看廣輿記上不止關夫子的墳多有古來有名望的人那墳就不少無考的古跡更多如今這兩首詩雖無考凡說書唱戲甚至于求的籤上都有老少男女俗語口頭人人皆知皆說的况且又並不是看了西廂記牡丹亭的詞曲怕看了邪書了這也無妨只管留着寶釵聽說方罷了大家猜了一回皆不是的冬日天短覺得又是吃晚飯時候一齊往前頭來吃晚飯因有人回王夫人說襲人的哥哥花自芳在外頭回進來說他母親病重了想他女兒他來求恩典接襲人家去走走王夫人聽了便說人家母女一場豈有不許他去的呢一面就叫了鳳姐來告訴了命他酌量辦理鳳姐兒答應了回至屋裡便命周瑞家的去告訴襲人原故吩咐周瑞家的再將跟着出門的媳婦傳一個你們兩個人再帶兩個小丫頭子跟了襲人去分頭派四個有年紀的跟車要一輛大車你們帶着坐一輛小車給丫頭們坐周瑞家的答應了纔要去鳳姐又道那襲人是個省事的你告訴說我的話叫他穿幾件顏色好衣裳大大的包一包

袱衣裳拿着包袱要好好的拿手爐也拿好的臨走時叫他先到這裡來我瞧周瑞家的答應去了半日果見襲人穿帶了兩個丫頭和周瑞家的拿着手爐和衣包鳳姐看襲人頭上戴着幾枝金釵珠釧倒也華麗又看身上穿着桃紅百花刻絲銀鼠襖葱綠盤金彩繡綿裙外面穿着青緞灰鼠褂鳳姐笑道這三件衣裳都是老太太賞的了你倒是好的但這褂子太素了些如今穿着也冷你該穿一件大毛的襲人笑道太太就給了這件灰鼠的還有件銀鼠的說趕年下再給大毛的呢鳳姐笑道我倒有一件大毛的我嫌風毛出的不好了正要改去也罷先給你穿去罷等年下太太給你做的時節我再改罷只當你還



我的一樣衆人都笑道奶奶慣會說這話成年家大手大脚的替太太不知背地裡賠墊了多少東西真真賠的是說不出來的那裡又和太太算去偏這會子又說這小氣話取笑兒了鳳姐兒笑道太太那裡想的到這些究竟這又不是正經事再不照管也是大家的體面說不得我自己吃些虧把衆人打扮體統了寧可我得個好名兒也罷了一個一個燒煳了的餋子似的人先笑話我說我當家倒把人弄出個花子來了衆人聽了都嘆說誰似奶奶這麼着聖明在上體貼太太在下又疼顧下人一面說一面只見鳳姐命平兒將昨日那件石青刻絲八團天馬皮褂子拿出來給了襲人又看包袱只得一個彈墨花綾

水紅調裡的夾包袱裡面只見包着兩件半舊綿襖合皮褂子鳳姐又命平兒把一個玉色紬裡的哆囉呢包袱拿出來又命包上一件雪褂子平兒走去拿了出來一件是件舊大紅猩猩毡的一件是半舊大紅羽緞的襲人道一件就當不起了平兒笑道你拿這猩猩毡的把這件順手帶出來叫人給那大姑娘送去昨兒那麼大雪人人都穿着不是猩猩毡就是羽緞的十來件大紅衣裳映著大雪好不齊整只有他穿着那幾件舊衣裳越發顯的拱肩縮背好不可憐見的如今把這件給他罷鳳姐笑道我的東西他私自就要給人我一個還花不殼再添上你提着更好了衆人笑道這都是奶奶素日孝敬太太疼愛下



人要是奶奶素日是小氣的收着東西為事的不顧下人的姑娘那裡敢這麼着鳳姐笑道所以知道我的也就是他還知三分罷了說着又囑咐襲人道你媽要好了就罷要不中用了只得住下打發人來回我我再另打發人給你送鋪蓋去可別使他們的鋪蓋和梳頭的家火又吩咐周瑞家的道你們自然是知道這裡的規矩的也不用我吩咐了周瑞家的答應都知道我們這去到那裡總叫他們的人廻避要住下必是另要一兩間內房的說着跟了襲人出去又吩咐小厮預備燈籠遂坐車往花自芳家來不在話下這裡鳳姐又將怡紅院的嬤嬤喚了兩個來吩咐道襲人只怕不來家了你們素日知道那個大了

頭知好歹派出來在寶玉屋裡上夜你們也好生照管着別由着寶玉胡鬧兩個嬤嬤答應着去了一時來回說派了晴雯和麝月在屋裡我們四個人原是輪流著帶管上夜的鳳姐聽了點頭又說道晚上催他早睡早上催他早起老嬤嬤們答應了自回園去一時果有周瑞家的帶了信回鳳姐說襲人之母業巳停床不能回來鳳姐回明了王夫人一面着人往大觀園去取他的鋪蓋粧奩寶玉看着晴雯麝月二人打點妥當送去之後晴雯麝月皆卸罷殘粧脫換過裙襖晴雯只在薰籠上圍坐麝月笑道你今兒別粧小姐了我勸你也動一動兒晴雯道等你們都去淨了我再動不遲有你們一日我且受用一日麝月



笑道好姐姐我鋪床你把那穿衣鏡的套子放下來上頭的划子划上你的身量比我高些說着便去給寶玉鋪床晴雯嗐了一聲笑道人家纔坐煖和了你就來鬧此時寶玉正坐着納悶想襲人之母不知是死是活忽聽見晴雯如此說便自己起身出去放下鏡套划上消息進來笑道你們煖和罷我都弄完了晴雯笑道終久煖和不成我又想起來湯婆子還沒拿來呢麝月道這難爲你想著他素日又不要湯壺偺們那薰籠上又煖和比不得那屋裡炕涼今兒可以不用寶玉笑道你們兩個都在那上頭睡了我這外邊沒個人我怪怕的一夜也睡不着晴雯道我是在這裡睡的麝月你叫他往外邊睡去說話之間天

已一更麝月早已放下簾幔移燈炷香伏侍寶玉卧下二人方
睡晴雯自在薰籠上麝月便在煖閣外邊至三更以後寶玉睡
夢之中便叫襲人叫了兩聲無人答應自已醒了方想起襲人
不在家自已也好笑起來晴雯已醒因喚麝月道連我都醒了
他守在傍邊還不知道真是挺死尸呢麝月翻身打個哈什笑
道他叫襲人與我什麼想干因問做什麼寶玉說要吃茶麝月
忙起來单穿着紅綢小綿襖兒寶玉道披了我的皮襖再去仔
細冷着麝月聽說回手便把寶玉披着起來的一件貂頦滿襟
煖襖披上下去向盆內洗洗手先倒了一鍾温水拿了大嗽盂
寶玉嗽了口然後纔向茶桶上取了茶碗先用温水過了向煖



壺中倒了半碗茶遞給寶玉吃了自已也嗽了一嗽吃了半碗
晴雯笑道好妹妹也賞我一口兒呢麝月笑道越發上臉兒了
晴雯道好妹妹明兒晚上你别動我伏侍你一夜如何麝月聽
說只得也伏侍他嗽了口倒了半碗茶給他吃了麝月笑道你
們兩個别睡說着話兒我出去走走回來晴雯笑道外頭有個
鬼等着呢寶玉道外頭自然有大月亮的我們說着話你只管
去一面說一面便嗽了兩聲麝月便開了後房門揭起氈簾一
看果然好月色晴雯等他出去便欲唬他頑耍仗着素日比别
人氣壯不畏寒冷也不披衣只穿著小襖便躡手躡脚的下了
薰籠隨後出來寶玉勸道罷呀凍着不是頑的晴雯只擺手隨

後出了屋門只見月光如水忽聽一陣微風只覺侵肌透骨不禁毛骨悚然心下自思道怪道人說熱身子不可被風吹這一冷果然利害一面正要唬他只聽寶玉在內高聲說道晴雯出來了晴雯忙回身進來笑道那裡就唬死了他了偏慣會這麼蠍蠍螫螫老婆子的樣兒寶玉笑道倒不是怕唬壞了他頭一件你凍著也不好二則他不防不免一喊倘或驚醒了別人不說咱們是頑意兒倒反說襲人纔去了一夜你們就見神見鬼的你來把我這邊的被掖掖罷晴雯聽說就上來掖了一掖伸手進去就渥一渥寶玉笑道好冷手我說看凍着一面又見晴雯兩腮如胭脂一般用手摸一摸也覺冰冷寶玉道快進被來渥渥罷一語未了只聽咯噔的一聲門響麝月慌慌張張的笑



著進來說著笑道唬我一跳好的黑影子裡山子石後頭只見一個人蹲着我纔要叫喊原來是那個大錦雞見了人一飛飛到亮處來我纔見了要冐冐失失一嚷倒鬧起人來一面說一面洗手又笑道說晴雯出去了我怎麼沒見一定是要唬我去了寶玉笑道這不是他在這裡渥著呢我若不嚷的快可是倒唬一跳晴雯笑道也不用我唬去這小蹄子已經自驚自怪的了一面說一面仍回自己被中去麝月道你就這麼跑解馬的打扮兒伶伶俐俐的出去了不成寶玉笑道可不就是這麼出去了麝月道你死不揀好日子你出去自站一站瞧把皮不凍

破了你的說着又將火盆上的銅罩揭起拿灰鍬重將熟炭埋
了一埋拈了兩塊速香放上仍舊罩了至屏後重剔亮了燈方
纔睡下晴雯因方纔一冷如今又一煖不覺打了兩個噴嚏寶
玉嘆道如何到底傷了風了麝月笑道他早起就嚷不受用一
日也沒吃碗正經飯他這會子不說保養着些還要捉弄人明
兒病了叫他自作自受寶玉問道頭上熱不熱晴雯嗽了兩聲
說道不相干那裡這麽嬌嫩起來了說着只聽外間屋裡槅上
的自鳴鐘噹噹的兩聲外間值宿的老嬤嬤嗽了兩聲因說道
姑娘們睡罷明兒再說笑罷寶玉方悄悄的笑道偺們別說話
了看又惹他們說話說着方大家睡了至次日起來晴雯果覺



有些鼻塞聲重懶怠動彈寶玉道快別聲張太太知道了又要
叫你搬回家去養着家裡縱好到底冷些不如在這裡你就在
裡間屋裡躺著我叫人請了大夫悄悄的從後門進來瞧瞧就
是了晴雯道雖這麽說你到底要告訴大奶奶一聲兒不然一
時大夫來了人問起來怎麽說呢寶玉聽了有理便喚一個老
嬤嬤來吩咐道你回大奶奶去就說晴雯白冷著了些不是什
麽大病襲人又不在家他若家去養病這裡更沒有人了傳一
個大夫從後門悄悄的進來瞧瞧別回太太了老嬤嬤去了半
日回來說大奶奶知道了說兩劑藥好了便罷若不好時還是
出去為是如今的時氣不好沾染了別人事小姑娘們的身子

要緊晴雯睡在煖閣裡只管咳嗽聽了這話氣的嚷道我那裡就害瘟病了生怕招了人我離了這裡看你們這一輩子都別頭疼腦熱的說着便真要起來寶玉忙按他笑道別生氣這原是他的責任生恐太太知道了說他不過白說一句你素昔又愛生氣如今肝火自然又盛了正說時人回大夫來了寶玉便走過來避在書架後面只見兩三個後門口的老婆子帶了一個太醫進來這裡的丫頭都迴避了有三四個老嬤嬤放下煖閣上的大紅綉幔晴雯從幔中單伸出手來那大夫見這隻手上有兩根指甲足有二三寸長尚有金鳳仙花染的通紅的痕跡便回過頭來有一個老嬤嬤忙拿了一塊絹子掩上了那大



夫方胗了一回脉起身到外間向嬤嬤們說道小姐的症是外感內滯近日時氣不好竟算是個小傷寒幸虧是小姐素日飲食有限風寒也不大不過是氣血原弱偶然沾染了些吃兩劑藥踈散踈散就好了說着便又隨婆子們出去彼時李紈已遣人知會過後門上的人及各處丫鬟迴避大夫只見了園中景致並不曾見一個女子一時出了園門就在守園門的小厮們的班房內坐了開了藥方老嬤嬤道老爺且別去我們小爺囉唆恐怕還有話問那太醫忙道方纔不是小姐是位爺不成那屋子竟是綉房又是放下幔子來瞧的如何是位爺呢老嬤嬤笑道我的老爺怪道小子纔說今兒請了一位新太醫來了真

不知我們家的事那屋子是我們小哥兒的那人是屋裡的丫頭倒是個大姐那裡的小姐的綉房小姐病了你那麽容易就進去了說着拿了藥方進去寶玉看時上面有紫蘇桔梗防風荊芥等藥後面又有枳實麻黄寶玉道該死該死他拿着女孩兒們也像我們一樣的治法如何使得憑他有什麽內滯這枳實麻黄如何禁得誰請了來的快打發他去罷再請一個熟的來罷老嬷嬷道用藥好不好我們不知道如今再叫小厮去請王大夫去倒容易只是這個大夫又不是告訴總管房請的這馬錢是要給他的寶玉道給他多少婆子道少了不好看來得一兩銀子纔是我們這樣門戶的禮寶玉道王大夫來了給他



多少婆子笑道王大夫和張大夫每常來了也並没個給錢的不過每年四節一大躉兒送禮那是一定的年例這個人新來了一次須得給他一兩銀子寶玉聽說就命麝月去取銀子麝月道花大姐姐還不知擱在那裡呢寶玉道我常見著在那小螺甸櫃子裡拿銀子我和你找去說着二人來至襲人堆東西的屋內開的螺甸櫃子上一槅都是些筆墨扇子香餅各色荷包汗巾等類的東西下一槅却有幾串錢於是看了抽屜纔看見一個小笸籮內放著幾塊銀子倒也有戥子麝月便拿了一塊銀子提起戥子來問寶玉那是一兩的星兒寶玉笑道你問的我有趣兒你倒成了是纔來的了麝月也笑了又要去問人寶

玉道揀那大的給他一塊就是了又不做買賣筭這些做什麼麝月聽了便放下戥子揀了一塊掂了一掂笑道這一塊只怕是一兩了寧可多些好別少了叫那窮小子笑話不說偺們不認得戥子倒說偺們有心小氣似的那婆子站在門口笑道那是五兩的錠子夾了半個這一塊至少還有二兩呢這會子又沒夾剪姑娘收了這塊揀一塊小些的麝月早關了櫃子出來笑道誰又找去呢多少你拿了去就完了寶玉道你快叫焙茗再請個大夫來罷婆子接了銀子自去料理一時焙茗果請了王大夫來先胗了脉後說病症也與前頭不同方子上果然沒有枳實麻黄等藥倒有當歸陳皮白芍等藥那分兩較先也減



了些寶玉喜道這纔是女孩兒們的藥雖踈散也不可太過舊年我病了却是傷寒内裡飲食停滯他瞧了還說我禁不起麻黄石膏枳實等狠虎藥我和你們就如秋天芸兒進我的那纔開的白海棠是的我禁不起的藥你們那裡禁得起比如人家坟裡的大楊樹看着枝葉茂盛都是空心子的麝月笑道野坟裡只有楊樹難道就沒有松栢不成最討人嫌的是楊樹那麼大樹只一點子葉子沒一點風兒他也是亂響你偏要比他你也太下流了寶玉笑道松栢不敢比連孔夫子都說歳寒然後知松栢之後凋呢可知這兩件東西高雅不害臊的纔拿他混比呢說着只見老婆子取了藥來寶玉命把煎藥的銀吊子找

了出來就命在火盆上煎晴雯因說正經給他們茶房裡煎去罷咧弄的這屋裡藥氣如何使得寶玉道藥氣比一切的花香還香呢神仙採藥燒藥再者高人逸士採藥治藥最妙的一件東西這屋裡我正想各色都齊了就只少藥香如今恰全了一面說一面早命人煨上又囑咐麝月打點些東西叫個老嬤嬤去看襲人勸他少哭一一妥當方過前邊來賈母王夫人處請安吃飯正值鳳姐兒和賈母王夫人商議說天又短又冷不如竺大嫂子帶着姑娘們在園子裡吃飯等天煖和了再來回的跑也不妨王夫人笑道這也是好主意刮風下雪倒便宜吃東西受了冷氣也不好空心走來一肚子冷氣壓上些東西也不



好不如園子後門裡頭的五間大屋子橫豎有女人們上夜的挑兩個女廚子在那裡單給他姐妹弄飯新鮮菜蔬是有分例的在總管賬房裡支了去或要錢要東西那些野雞獐狍各樣野味分些給他們就是了賈母道我也正想着呢就怕又添廚房事多些鳳姐道並不事多一樣的分例這裡添了那裡減了就便多費些事小姑娘們受了冷氣別人還可第一林妹妹如何禁得住就連寶玉兄弟也禁不住況兼衆位姑娘都不是結實身子鳳姐兒說畢未知賈母何言且聽下回分解

紅樓夢第五十一回終